Eduard Heuchler

Album für Freunde des Bergbaues

Eine Folge von vierzehn bildlichen Darstellungen aus dem Berufsleben des Berg-

und Hüttenmannes

Eduard Heuchler

Album für Freunde des Bergbaues
*Eine Folge von vierzehn bildlichen Darstellungen aus dem Berufsleben des Berg- und
Hüttenmannes*

ISBN/EAN: 9783337358969

Hergestellt in Europa, USA, Kanada, Australien, Japan

Cover: Foto ©Andreas Hilbeck / pixelio.de

Weitere Bücher finden Sie auf **www.hansebooks.com**

ALBUM
für
Freunde des Bergbaues,

enthaltend

eine Folge von vierzehn bildlichen Darstellungen aus dem Berufsleben des Berg- und Hüttenmannes.
Entworfen und nach der Natur gezeichnet

von

Eduard Heuchler,
Professor der K. S. Bergakademie in Freiberg.

Lithographirt von **Bässler**, in Ton gedruckt von **L. Zöllner** in Dresden.

Zweite Auflage.

———|———

INHALT.

Freiberg,
Verlag von J. G. Engelhardt.
1855.

Vierzehn Bilder
aus dem Leben des Berg- und Hüttenmannes.
Entworfen u. gezeichnet von Eduard Heuchler.
Verlag v J. G. Engelhardt in Freiberg.

N°. 1.

Das Gebet.

Die Anstellung.

Die Einfahrt.

Häuer vor Ort.

Der Förstenbau.

Eine Verunglückung.

Das Füllort.

Die Hängebank.

Die Heimkehr.

Die Scheidebank.

Das Pochwerk.

Der Rohofen.

Der Treibeheerd.

Die letzte Schicht.

Erklärungen der bildlichen Darstellungen.

Der Bergmannsstand im Allgemeinen theilt sich seinem Berufe nach in zwei verschiedene Fächer, nämlich in den eigentlichen **Bergmann**, *welcher es mit der Aufsuchung, Gewinnung und Zubereitung der Erze zu thun hat, und in den* **Hüttenmann**, *dessen Aufgabe es ist, die durch den Bergmann mechanisch gereinigten und zu Mehl gepochten Erze nach den darin enthaltenen Metallen durch Feuer zu scheiden und zu weiterer Verwendung geeignet zu machen. Die Arbeiten des Bergmanns sind von grosser Mannichfaltigkeit, sowohl in ihrer Oertlichkeit, als auch in dem Betrieb selbst, weshalb die Anzahl der bildlichen Darstellungen sehr zahlreich und gegen diejenigen des Hüttenmannes bei dem festgehaltenen Prinzip, nur die wichtigsten Momente darzustellen, überwiegend ausgefallen ist, obgleich es auch hier nicht an Stoff zu vielen interessanten bildlichen Darstellungen fehlen würde.*

Zum Titelblatt.

Auf diesem Blatte sehen wir links den Bergmann, rechts den Hüttenmann in seiner Paradekleidung. In der Mitte ist das Wappen der Stadt Freiberg als Metropole des sächsischen Bergbaues eingefügt, und es erstrecken sich daher die bildlichen Darstellungen nur auf den Freiberger Bergbau. Im Hintergrunde sieht man links Grubengebäude, rechts Hüttenwerke. Das Ganze umschliesst ein Kranz von Epheu zum Zeichen des hohen Alters und immer noch frischen Glanzes beim Freiberger Bergbau. Darüber der bergmännische Gruss:

Glück auf!

Das Glöcklein klingt, der Morgen graut,
Da wird's im Bergmannshüttchen laut,
Denn ruft die Arbeit, ruft die Schicht,
Da säumt der brave Bergmann nicht!
Er springt vom Lager wohlgemuth,
Denn rüstig stets ist Bergmannsblut.
Schnell ist der Kittel angethan
Und seine Blende steckt er an.
Den Riegel löst er von der Thür
Und steht schon auf der Schwelle schier;
Da wirft noch einmal er den Blick
Auf seiner Hütte stilles Glück u. s. w.

Diese schönen Worte des Bergmannsgrusses von Döring versinnlichen uns auch ohne bildliche Darstellung den Bergmann vor der Schicht, wie er seine Wohnung verlässt, um mit seinen bergmännischen Brüdern nach dem vom Petersthurme der Stadt oder dem Huthause der Grube gegebenen Glockensignale zur Grube zu eilen. Gleich Ameisen sieht man die Bergleute jung und alt oft stundenweit auf ihrem schweren Berufswege dahinziehen, um ihr Tage- und Nachtwerk zu beginnen.

Zu Blatt 1. Das Gebet.

Zum gemeinschaftlichen Gebet versammelt sich das Bergvolk in der Betstube des Huthauses. Der Obersteiger sitzt an der Tafel oben an, neben ihm die Untersteiger, Gänghäuer und die Zimmerlinge. Die Häuer, Knechte und Jungen nehmen die Bänke ein. Das Gebet, besonders für Bergleute zur Erbauung eingerichtet, wird von einem Bergmann laut vorgesprochen und hierauf von Allen ein Lied gesungen. Nach dem Gebet verliest der Obersteiger die Mannschaft und vertheilt unter sie die Arbeit.

Zu Blatt 2. Die Anstellung.

Wir sehen hier die Mannschaft vom Huthause weg nach dem Schachte gehen. Jeder trägt sein nöthiges Gezäh (die Arbeitsinstrumente) oder die Materialien, welche er zur Arbeit braucht. Gewöhnlich fahren immer Mehrere zusammen in denjenigen Schacht, der ihrer Arbeit zunächst liegt, weshalb sie sich vor oder in der Kaue oder dem Goepelgebäude versammeln. Hier werden auch gewöhnlich die Neuigkeiten des Tages ausgetauscht und die letzte Minute bis zur nöthigen Einfahrt verplaudert.

Zu Blatt 3. Die Einfahrt.

In diesem Bilde ist eine Bühne (Ruheplatz im Schachte) dargestellt. Solche Bühnen befinden sich in regelmässigen Entfernungen von einander, viele in jedem Schachte, denn es würde zu gefahrvoll und zu ermüdend für die Bergleute sein, müssten sie ohne

Unterbrechung in die oft sehr tiefen Schächte einfahren. Auf einer solchen Bühne wird ein wenig geruht und gewöhnlich tüchtig geschnupft, denn das Tabakrauchen ist in den Gruben und überhaupt bei der Bergarbeit verboten, darum halten sie es während der Schicht mit der Dose, doch auf dem Zechenwege wie im Hause darf dann auch die Pfeife nicht kalt werden.

Zu Blatt 4. Häuer vor Ort.

Wie ein hohes Gebäude sich in verschiedene Etagen eintheilt, in welche man durch die Treppe gelangt, eben so gelangt man mittelst des Schachtes in die verschiedenen Gänge (Strecken) der Grube. Ort nennt der Bergmann das Ende einer solchen Strecke, mag sie lang oder kurz sein, es ist dessen Forttreiben vom Schachte aus, eine der wichtigsten bergmännischen Arbeiten. Man sieht in dem Bilde zwei Häuer vor Ort; der eine arbeitet nach oben, der andere nahe der Sohle desselben. Das durch Schlegel und Eisen oder durch Bohren und Schiessen losgearbeitete Gestein oder Erz wird bei einer kleineren Grube durch Karren und Kübel, bei grösseren Gruben hingegen durch englische Förderwagen und Tonnen zum Schachte und von hier ab durch Menschen-, Thier-, Wasser- oder Dampf-Kraft zu Tage gefördert.

Zu Blatt 5. Der Förstenbau.

Zwischen zwei solchen in regelmässiger Entfernung unter einander liegenden Strecken wird nun das Erz abgebaut und zwar beim Förstenbau von einer tiefer gelegenen Strecke nach einer höheren, in treppenartigen Absätzen. Man sieht auf dem vorliegenden Bilde die

Häuer beschäftigt, die Gesteins- oder Erzmassen durch Sprengarbeit zu gewinnen. Der Gänghäuer vertheilt eben das Pulver und auf einem tiefer liegenden Absatz sieht man auch den Obersteiger die Gang- oder Erzmasse mit dem Lichte beleuchten und prüfen. Ein Grubenjunge fördert mit der Kratze die gewonnenen Massen in die Rolle (schachtartige Oeffnung) nach der darunter liegenden Strecke, woselbst sie mit Hunden oder Förderwagen auf Eisenbahnen nach dem Füllort des Schachtes transportirt wird.

Zu Blatt 6. Eine Verunglückung.

In diesem Bilde ist der Fall vorgestellt, wo ein vom Seile durch irgend einen Zufall beim Haspelziehen abgesprengter Kübel, mit Gesteinsmasse gefüllt, den Schacht hereingestürzt ist und den darunter stehenden Arbeiter erschlagen hat. Die meisten Unglücksfälle ereignen sich jedoch bei der Sprengarbeit, vorzüglich beim Besetzen (Laden) der Bohrlöcher und beim Ziehen der Nadeln u. s. w. Tödtlich sind sie verhältnissmässig seltener, aber besonders für die Augen gefährlich.

Zu Blatt 7. Das Füllort.

Derjenige Ort im Schachte, von welchem aus die horizontalen Gänge oder Strecken nach den verschiedenen Erzbauen gehen, heisst das Füllort, weil hier die Kübel oder Tonnen, mit Erz oder taubem Gestein gefüllt, durch Menschen- oder Maschinenkraft bis zu Tage gefördert werden. In dem Bilde sehen wir einen Kunst- und Treibeschacht vor uns, wo eben im letzteren eine Tonne gefüllt wird. Der Hundestösser bringt vom Orte oder dem Erzbaue aus taubes Gestein oder Erz in dem englischen Förderwagen herbei. Im Vordergrunde befinden sich im Ausfahren begriffen zwei Studirende, von einem Untersteiger begleitet. Ein Häuer kommt eben von einer tieferen Strecke den Schacht herausgefahren.

Zu Blatt 8. Die Hängebank.

Dieses Blatt stellt das Innere eines Treibegöpelgebäudes vor. Die Mannschaft fährt nach vollbrachter Schicht aus und verlässt nach und nach das Gebäude, um sich wieder zum Gebet auf dem Huthause mit den Wiedereinfahrenden zu versammeln. Alte Leute ruhen gewöhnlich erst ein wenig von der Anstrengung einer vielleicht tiefen Fahrt aus, ehe sie den Göpel verlassen. Die Treibetonne, so wie auch der Auslaufkarren sind in ruhende Stellung gebracht.

Zu Blatt 9. Die Heimkehr.

Nach Beendigung des Gebetes verlässt jeder Bergmann das Huthaus und eilt nach Hause. Wir sehen auf dem Bilde die Heimkehr eines Familienvaters, wie er von den Kindern umringt wird. Dem kleinsten Kinde auf der Mutter Armen bringt er Beeren mit, die er auf dem Heimwege gepflückt hat. Selbst der Hund und die Ziege bezeigen ihren Antheil an der Freude. Da die Schicht eines Bergmanns gewöhnlich nur acht Stunden währt, so benutzen fleissige Bergleute die übrige Zeit zu verschiedenen lohnenden Nebenarbeiten, je nach der Geschicklichkeit, die sie besitzen. Weniger gefahrvoll, doch immer anstrengend genug sind die Arbeiten der Bergleute über Tage in der Scheidebank und Wäsche.

Zu Blatt 10. Die Scheidebank.

Hier sehen wir die bergmännische Jugend versammelt, Jungen vom 14. Jahre an. Sie scheiden mit der Hand die reicheren Erze vom tauben Gestein, mit dem es in der Grube auf den Erzgängen bricht. Der Scheidesteiger belehrt und beaufsichtigt sie, doch benutzen sie dennoch jeden unbeobachteten Augenblick zu muthwilligen Ausbrüchen, welche sie dann mit den sogenannten Vogelpolzen, eine vieltheilige Peitsche, deren Enden mit Knoten versehen sind, durch einige Schläge büssen müssen. Es ist ein eigenthümlich lebendiger Anblick, vielleicht fünfzig solche Jungen in emsiger Arbeit begriffen zu sehen, wobei es, wenn sie nicht Takt im Schlagen halten, einen betäubenden Lärm giebt.

Zu Blatt 11. Das Pochwerk.

Aus der Scheidebank kommt das weniger edle Erz zum Pochen (bis zur Mehlfeinheit) in das Pochwerk. Durch Maschinenkraft werden starke hölzerne Stempel, welche am unteren Ende mit schweren Eisen versehen sind, in die Höhe gehoben, um beim Niederfallen das darunter geschaufelte Erz zu zermalmen. Ein daneben aufgestelltes, durch die Maschine bewegtes Sieb sondert beim Durchwerfen die feinern von den gröberen Theilen, welche letztere dann nochmals unter die Pochstempel gebracht werden müssen. Das fein gepochte Erz wird hierauf mit einem Karren in die Erzkammer gebracht und in diesem Zustande in die Hüttenwerke abgeliefert. In den Pochwerken und Wäschen ist immer viel Zuspruch von Neugierigen, vorzüglich wenn sie nicht weit von der Strasse liegen, doch ein mündliche Erklärung wegen des Höllenlärmes darin kaum möglich.

Zu Blatt 12. Der Rohofen.

Von der Grube werden die Erze in Pulverform an die Schmelzhütten abgeliefert und hier je nach ihren Bestandtheilen und ihrem durch Proben im Probirofen ermittelten Gehalte an Silber gemischt. Eine solche Mischung nennt der Hüttenmann eine Beschickung. Letztere wird nun entweder im rohen Zustande (bei der Roharbeit) oder im gerösteten (bei der Bleiarbeit) mit den nothwendigen Zuschlägen an Schmelzstoffen über Schachtöfen bei Anwendung von Koaks und einem starken Gebläse verschmolzen. Die in der Beschickung enthaltenen Erz- oder Metalltheile sondern sich von den erdigen Theilen und sammeln sich im untersten Theile des Ofens im geschmolzenen Zustande an; über ihnen befinden sich die ebenfalls geschmolzenen oder überhaupt unhaltigen Theile der Beschickung als Schlacken. Letztere werden von Zeit zu Zeit abgezogen, die ersteren dagegen in längern Zeiträumen durch das sogenannte Stichloch, eine Oeffnung, die in den untersten Theil des Ofens führt und für gewöhnlich verschlossen gehalten wird, in eine Vertiefung abgelassen (abgestochen). Bei der Bleiarbeit ist dieses Product silberhaltiges Blei, dasselbe wird aus dieser Vertiefung in eiserne Formen (Pfännchen) gegossen.

Zu Blatt 13. Der Treibeheerd.

Bei diesem Ofen werden die vorgenannten Stücke silberhaltigen Bleies auf eine vertiefte, mit einem starken Eisenhut bedeckte runde Fläche aufgetragen und durch einen daneben befindlichen Ofen, aus welchem die

Flamme über diese Fläche wegschlägt, eingeschmolzen. Mit Hilfe eines Gebläses wird hierauf das Blei in Bleiglätte umgewandelt, und als solche fortwährend abgelassen, das Silber aber bleibt endlich, nachdem der bekannte Silberblick d. i. eine Erscheinung von Regenbogenfarben auf der Oberfläche des geschmolzenen Silbers, stattgefunden hat, in Gestalt eines runden Kuchens auf dem Heerde zurück. Die geringen fremdartigen Beimengungen, die es noch hat, werden durch ein nochmaliges Einschmelzen für sich entfernt, hierauf aber dasselbe sogleich an die Münze abgeliefert. Der Hüttenmann beschliesst also die sämmtlichen mühsamen und zum Theil gefahrvollen Arbeiten, welche mit der Gewinnung des Silbers aus dem Schoose der Erde verbunden sind.

Zu Blatt 14. Die letzte Schicht.

Obgleich jeder Mensch seine letzte Schicht zu machen hat, so ist doch dieses Wort für den letzten Gang aus dieser Welt vornehmlich dem Bergmannsstande eigen. Gleich viel, ob Berg- oder Hüttenmann, sie verfahren beide mit ihrem Tode ihre letzte Schicht, mag dieser ein gewaltsamer im Dienste oder ein natürlicher sein. So sehen wir denn auf diesem Bilde das Begräbniss eines Bergmanns, wie seine bergmännischen Brüder ihm die letzte Ehre erweisen und ihn dem Schoos der dunklen Erde übergeben, in welchem er seinen mühsamen Lebenslauf gefunden und überstanden hat. Ueber dem Grabe ertönt der schöne Schlussgesang des Bergmannsgrusses:

Leb wohl, leb wohl, du Bergmannskind,
Du hast vollbracht den Lauf.
Treu warest du und brav gesinnt,
Drum rufen wir: Glück auf! —

———————

Druck von A. Th. Engelhardt in Leipzig.

———————

www.ingramcontent.com/pod-product-compliance
Lightning Source LLC
Chambersburg PA
CBHW020708260626
47157CB00008B/3190